CLUB-TASCHENBUCHREIHE

Band 200

Liebe Kinder!

Mit diesem Buch könnt ihr lesen lernen,
auch wenn ihr noch gar nicht alle
Buchstaben kennt.
Ihr braucht dazu nur jemanden,
der euch ein bisschen hilft:
Jemanden, der die Geschichte vorliest.

Und ihr lest dabei mit den Augen mit
und sprecht alle Wörter,
für die es ein Bild gibt, laut aus.
Und sicher gibt es bald viele kleine
Wörter, die ihr selbst lesen könnt,
zum Beispiel:
Mama   Marie   ich   und   so

Wetten, dass es gar nicht lange dauert
und ihr könnt das ganze Buch lesen?

Viel Spaß mit Marie wünscht euch
Saskia Hula

Saskia Hula

BESUCH BEI MARIE

Mit Farbbildern
von Tizia Hula

OBELISK VERLAG

Redaktion der Club-Taschenbuchreihe:
Inge Auböck

Umschlaggestaltung: Carola Holland

Dieses Buch ist nach den neuen Rechtschreibregeln abgefasst

© 2006 by Obelisk Verlag, Innsbruck – Wien

Alle Rechte vorbehalten

Printed in Austria by WUB Offset Tirol, 6020 Innsbruck
ISBN 3-85197-513-8

www.obelisk-verlag.at

Das ist Marie.

Marie wohnt in

In  geht sie auch

in die .

In die  Klasse.

So wie du.

In Wien gibt es ganz viele

Marie mag 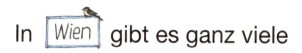 nicht.

Sie machen so viel Lärm.

Maries Mama mag

 auch nicht.

Sie stinken so.

Und Maries Papa

sagt immer:

„Am Wochenende

brauche ich Ruhe

und gute Luft!"

Deshalb fahren

Marie und ihre Eltern

am Wochenende in ihren

.

Mit dem .

Im  gibt es einen

mit einer  .

Neben dem

ist eine große .

Neben der  steht

ein altes .

Hinter dem

lebt Flora.

Flora ist eine .

Wenn die ☀ scheint,

verkriecht sich Flora im .

 mögen keine .

Aber wenn es regnet,

kommt sie heraus

und streckt

ihre Fühler aus.

Marie ist gern im .

Sie baut eine .

Sie schaukelt

auf ihrer ,

so hoch es nur geht.

Sie klettert auf den

und isst ,

bis ihr fast schlecht ist.

Leider gibt es im

keine anderen .

Ohne andere

macht das bauen

nur halb so viel Spaß.

Das Schaukeln ist allein

nur halb so lustig.

Und die 🍒

schmecken allein

nur halb so gut.

„Nimm doch einmal

eine Freundin mit!",

sagt die Mama.

„Zu zweit ist es sicher

viel lustiger im 🌻 !"

Das ist eine gute Idee,

findet Marie.

Aber wen soll sie mitnehmen?

Mimi oder Anna?

Sofie oder Lola?

Oder doch lieber Tina?

Am Montag in der Früh

weiß Marie, wen sie in den

 mitnehmen will.

Gleich in der ersten Pause

fragt sie  :

„Willst du mit mir

am Wochenende in den

 fahren?"

Aber  kann leider nicht.

„Am Wochenende

bin ich schon bei Dani",

sagt sie.

„Wir machen ein

und grillen !"

„Schade", denkt Marie.

„Dann werde ich eben

doch Anna einladen."

Am Dienstag

fragt Marie Anna :

„Willst du mit mir

am Wochenende

in den Garten fahren?"

„Das geht nicht",

sagt Anna.

„Ich gehe mit meiner Tante

in den  !"

„Hm", denkt Marie.

„Dann frage ich eben Sofie."

Am Mittwoch fragt Marie .

Aber  will mit Lena ins Kino.

Am Donnerstag fragt Marie .

Aber  muss

ihren Onkel im Spital besuchen.

Am Freitag

fragt Marie .

Aber  bekommt

Besuch von ihrer Oma.

Da kann sie nicht weg.

Das würde die Oma kränken.

„Niemand hat Zeit für mich",

denkt Marie.

„Alle werden furchtbar

viel Spaß haben.

Im ,

im Kino

und beim .

Nur ich nicht!"

Beim Mittagessen

hat Marie keinen Hunger.

Kinder, die so arm sind

und so allein,

haben eben keinen Hunger.

Die Mama wundert sich.

„Was ist denn los

mit meiner kleinen ?",

fragt sie.

„Nichts", brummt Marie.

Aber dann erzählt sie

der Mama doch,

dass alle anderen

etwas Tolles machen

und dass nur sie

ganz allein in den

fahren muss.

Die Mama denkt nach.

Dann sagt sie:

„Warum fragst du denn

nicht den Emil?"

Emil ist

der Nachbarsbub.

Er ist genau so alt

wie Marie

und ziemlich nett.

Und weil Marie

nichts Besseres einfällt,

fragt sie eben den 🧒 .
Emil

Der Emil freut sich.

„Super", sagt er.

„Das wird sicher toll!"

 nimmt

sein  mit,

seine ,

und ein dickes ,

sein für Kinder

und Leo, den .

Das Wochenende

wird wirklich toll.

Marie und Emil

fahren mit dem 🚲

einmal um den 🟢.

Sie schwimmen um die Wette

und springen

vom 🪵 ins Wasser.

Sie schaukeln ganz hoch

und bauen

eine riesige .

Sie essen

hoch oben im .

Am Abend liest Mama

ein Märchen vor.

Es heißt:

Die wilden .

Zwölf Prinzen sind

in zwölf

verzaubert worden.

Nur die kann sie

retten.

Dazu muss sie ihnen

aber zwölf

aus Brennnesseln machen.

Aus Brennnesseln!

Und dabei darf sie

kein Wort sprechen!

Marie findet, das ist

die schönste Geschichte,

die sie je gehört hat.

Am Sonntag kochen

und Marie ganz allein

Nudeln mit und

nach einem Rezept

aus Emils .

Dazu machen sie

grünen  mit .

Der ist

ein bisschen sauer,

aber trotzdem

schmeckt es allen.

Dieses Wochenende

ist wirklich schön!

Als Marie am Montag

in die Schule kommt,

wartet Sofie schon auf sie.

„Diesen Samstag darf ich

mit dir mitfahren!", ruft sie.

„Ich habe meine Mama

schon gefragt!"

„Fein", sagt Marie.

„Das wird sicher lustig."

Nach der Schule

kommt Anna und fragt:

„Nehmt ihr mich

dieses Wochenende mit

in euren Garten?

Meine Eltern wollen

wandern gehen,

und ich nicht!"

„Aber gern", sagt Marie.

Am Mittwoch fragt ,

ob sie in den

mitfahren darf

und am Donnerstag .

Am Abend läutet

das .

Es ist Mimis Mama.

„Ich muss dringend

nach England fliegen",

sagt sie.

„Darf  so lange

bei Marie bleiben?"

„Aber gern", sagt Mama

und lacht.

An diesem Wochenende

muss Papa

gleich zweimal

mit dem

in den  fahren.

Zuerst bringt er Mama,

Marie,  und hin.

Danach holt er die anderen.

Leider regnet es dieses Mal.

Es regnet am Samstag,

als sie ankommen.

Es regnet in der  .

Es regnet am Sonntag,

als sie aufwachen.

Und es hört einfach

nicht auf zu regnen,

bis sie alle wieder

nach Hause fahren.

Trotzdem haben sie

eine Menge Spaß.

Zuerst erfinden sie

ein lied.

„Plitsch", singt Marie.

„Platsch", singt .

„Tok, tok, tok, tok",

singen und .

 und  trommeln dazu.

Dann schreiben sie

eine geschichte:

Die Geschichte von

den zwölf  tropfen,

die in zwölf wilde

verzaubert werden.

Die Geschichte

ist sehr spannend.

Marie und

schreiben sie auf.

Die anderen malen

zu der Geschichte

viele bunte .

Mit

und viel, viel .

Damit die Bilder

so richtig verregnet

aussehen.

Es ist die beste

 geschichte,

die Marie je gelesen hat.

Am Abend baden sie

in der

Zuerst baden Marie,

 und .
Mimi   Anna

Dann baden ,

und .

Das ist sehr eng,

aber sehr lustig.

Gut, dass man

aus dem roten

ein  machen kann!

, und

schlafen auf dem Sofabett.

Marie,  und

schlafen in Maries  .

Einschlafen kann man so natürlich nicht schnell.

 und lachen.

Marie und  kichern.

 und tuscheln.

Dann lachen  und Marie.

und kichern.

Und  und tuscheln.

Das geht so lange,

bis die Mama kommt und

„Ruhe jetzt!", ruft.

Dann ist es endlich still.

Fast.

Am nächsten Tag

sind alle sehr müde.

Weil es in der Früh

noch immer regnet,

schlafen sie lange.

Nach dem Frühstück

backen sie mit Papa .

Danach machen sie einen  spaziergang mit .

Marie zeigt ihren Freundinnen

Flora, die  .

Flora freut sich

über den .

Sie sitzt auf ihrem 🛢

und wackelt

mit den

Fühlern.

Am Nachmittag

macht Mama

den

lustige Frisuren.

Dann gibt sie ihnen einen

großen  .

Im  sind lauter

alte

Damit kann man gut

Theater spielen.

Das Stück heißt natürlich:

„Der arme  tropfen,

der ein wurde".

Es ist sehr traurig.

Am Abend

ist die Theater-Aufführung.

Mama und Papa

sind die Zuschauer.

Sie klatschen in die

und rufen laut: „Zugabe!"

Es ist sicher

die beste Theater-Aufführung,

die sie je gesehen haben.

„Das war ein tolles Wochenende", sagt Marie, nachdem Papa alle nach Hause gebracht hat. „Aber wen nehmen wir nächsten Samstag mit in den 🌻 ?
Emil ? Oder die 👧👧👧 ?

Oder alle miteinander?"

Die Mama lacht.

„Nächsten Samstag

kommt die Oma mit", sagt sie.

„Papa und ich brauchen

ein bisschen Erholung!"

Oma

Das sind die Wörter zu den Bildern

(in der Reihenfolge ihres Aufscheinens)

Schule

Auto

Autos

Garten

Kirschbaum

Schaukel

Sandkiste

Fass

Schnecke

Schnecken

Sonne

Sandburg

Kirschen

Kinder

Lagerfeuer

Würstchen

Zoo

Maus

Fahrrad

Badehose

Märchenbuch

Kochbuch

Kochtopf

Hase

See

Steg

Schwan

Schwäne

Hemden

Käse

Ei

Salat

Mais

Telefon

Nacht

Regen

Bilder

Wasserfarben

Wasser

Badewanne

Sofa

Sofabett

Bett

Kekse

Regenschirme

Mädchen

Koffer

Kleider

Hände

Die Autorin

Foto: Andreas Riedl

Saskia Hula, geboren 1966 in Wien, lebt und unterrichtet als Volksschullehrerin in Wien. Als Sonderschullehrerin arbeitete sie im Bereich Hausunterricht für krebskranke Kinder. Sie hat eine Tochter und einen Sohn und verbringt die Ferien in ihrem Haus im Südburgenland. Bei Obelisk ebenfalls erschienen sind „Basti bleibt am Ball" (2004) und die CLUB-Taschenbücher „Romeo und Juliane", „Romeo soll Vater werden" und „Romeo macht was er will".

Die Illustratorin

Foto: Andreas Riedl

Tizia Hula, geboren 1968 in Wien, Studium an der Hochschule für Angewandte Kunst, unterrichtete fünf Jahre lang als Kunsterzieherin in einer AHS, veranstaltete Kreativkurse für Kinder an Volkshochschulen, seit 2000 als freischaffende Illustratorin tätig. Sie ist Mutter von zwei Töchtern – Alina und Emilia. Bei Obelisk hat Tizia Hula das Buch ihrer Schwester Saskia „Basti bleibt am Ball" illustriert.